着雪する小葉となって

白井明大

思潮社

着雪する小葉となって

白井明大

目次

装画　大平高之
造本　山元伸子

着雪する小葉となって

ひかりのちいさな灯台

おんなじ星から届く光がいま降りそそぐ地上なのだから
はためくさまは交信なんだ

、て宙を波打つ音を見つめたら
とぎれなくとどまるさなかにあると
あたためられて

素の気持ちでいると沈むから
素でいないようにガラス越しにふくらんでいく

窓の川面の心のうちの灯のひかり

川沿いに育ったことを思いかえしては
貧しさが袋小路にはまり込むのに似た
しえないことだらけの壁の手前で
口を開けて立ちぼうけないよう瞬きをそばにして

落ち込むのは落ち込んだままにしても
照り焦がす日や
潮の匂いのむせかえる風

ここにないものに支えられてきたからだは
沈むとよけいに沈みかかるとやっと気づいて
不慣れなりに浮かびわたろうと試みる
だって

ひかりのちいさな灯台が
いまそばにあるから

回りつづける羽根のうえに
くり返しはねるたび息を忘れてしまう

着雪する小葉となって

はばたきを止めて
ひろげたままの翼で宙を孕みながら
おりていく地が白くて

足をつけようとするのは
あれはどんないとなみだったろう
波とも涙ともつかない

記憶になりかけの糸の切れ端をつかみそびれて
島から出てしまえば

浴びたひかりのあとかたとなって
ほどかれた国境の広がりに
鳶よりたかく飛ぶなにもない静かさは
わすれてるのそれとも、て

見分けのつかない地の息の白まりと重なるよりどころなさを
趾《あしゆび》から転んで
しぶきも白い
粉雪まみれになったら

滑りおりてきた勢いに伴われてはまわり出し
小葉ほどの重みもあるかない羽が埋もれるまぎわに
ばたつくほど跳ねあがる白いしぶきを
ふりほどきふりほどかれて

転倒する身を起こしにかかるけれど
いまも趾でとらえようとしてしまう空振りをくり返し
ふたたび転ぶ速さとなって

鳥は背の黒さと胴の白さを反転させあうとき
身につく何も変わらなくても入れ替わりが
目に映ればたやすく見分けられるのか

だれもがあれは白鶺鴒だと
だれもがあれは背黒鶺鴒にほかならないと
横たわるガラス板に映る無地の空にも影が鳥を飛ぶさまを
名指せるとはかぎらないように
思想の左右さえ知りもわかろうともするわけでないと思い省みるとき

身も羽も雪にまみれて
降りつもる粉の弾みに救われたのだろう
たとえ着雪する小葉の輪郭に耐えきれずこころを失くしても
地の匂いが浸みた翼でとおく飛べる半身でありたい

転がりを止めて
この小さな趾でこの力ない二本きりの足で

ふかぶかさの上に降り立つ
見知らぬ地のたどり着きかたを知らず知らずふるまいにしながら

ひとひらのまわり

はなれてきたのか
はなたれてきたのか
ちるとはいわずに飛ぶ花と呼んで
飛花、てそう呼んで
てのひらで宙に舞うのをつかみとれたら

ひとひらの身をひねりながら

咲きほどけるあかときを待つ息吹きのふくらみを真似て
くうるりと山あいをめぐり飛ぶ
鳶の軌跡にやさしくなびきながら
はなれてはなたれていく日は緑葉にゆずり渡そうよ

穽のうちに置き去りにされたこころが
踏みつけられる痛みを
よりよわい者のせいにできないくらいなら
うつろな憎悪をふりまく道ばたにあっても

くずおれそう

、てそう喉の中で言葉をなぞるたびに
あやうく踏みとどまる時間を少しずつ依りどころに保存していく

どこで見たんだった
これから行く当てにまた
目にふれるはずの

ひかりをはねあげて白々とまわりゆくとき

花は鳥だろうか
与えられたかぎりで叶うひとときはあって
いくつもの連なりとなり

空へ吹かれていくふしぎなさを
はばたく雉鳩の群れにならって

たちのぼっていこう、て
いくひらも翻りつつ翅を持ちたい、て
願いを汲みあげたら
遠のいてもひらめきやまないひかり

うすく青みがかった空の手前を

菜種梅雨の明けるころ
だいぶ日が長くなったね、て
昼の陽にあたためられた風を受けて

そう遠くない山なみの
うすく青みがかった空の手前を
ひかりはためく三基の風力タービンをながめると

いつもどれか止まって
まちまちだったプロペラが
少しずつの角度のずれまで変わらず
ハーリー船の櫂のように揃って回りはじめるとき

ねぇ
なんで願いたくなるのだろう
ぶじでありますように
、てどうして

願うことがあきらめの言い換えでしかない無力感に覆われても
できることの小ささを手放さずに
見知らないほど遠のく道のりを目見当で測って

信じる、てどんなことだったろう
ただ信じられる、て感じてしまう
なぜだろう
そう感じる

見えない聞こえない確かめようもない
五官では推し量れない空洞がこころにつたいきて
信じると不安と交互に振れても

羽根の生えそびえる山の麓で
つっかえの取れたこころのちっぽけさを
野焼きして雲間まで吹きあげたなら

ちゃんと振り子は戻ってくる

清明の陽がもたらしただけの暖かさに背を押され
まかないきれないと低く見られても回りつづける風車へと
もたらされたぶんを分かちあって回すべきなのは世の中のほうだと
ブレードをはためかせる回転運動のさなかに身を投じる愚鈍さを信じよう

揺るぎなくあろうと
すぐに置き換えられる朝が
幾重にも打ち棄てられた野辺で
山なみから立つかぎろいを映す瞳の影こそ
願うことと信じることとを
自由な約束にする途に違いないから

空になりかわる前の空白

向こう岸から
鳴き声を聞いたら
川辺に腰をおろすと

まぶしく
日を撥ねる
一面をみつめてしまい

圧し拉《ひし》ぐひかりに
重なるたび
ひらめく鳥の影を見失うとわかっていても
後悔はないの、てさざなみに訊かれた

燕の飛び交う
軌跡から宙が生まれるさなかに
そのつどそのつど
こころに空はできていくの

二度ずつ相槌を打つ青葉梟《あおばずく》の梢に佇むすがたを

小雨のちらつく丁字路に出てきた山原水鶏《やんばるくいな》の羽毛のふくらみを
ふりかえれば思い出せるのはいつまでだろう
、て薄まりゆくのは
記憶じゃなくて気持ちのほう

忘れないでいることはできても
変わらずにいられる細胞はいのちにないから
気持ちはいつもかわるがわる消滅と生成を組み換えるけれど

それでも
眩暈ぐらい
川面を鳥をひかりを見えなくなっていたい

か細い川を横切っては翻り
あたりは幾層にも編まれていき
はばたきやめない翼のあとかたに現われるのが空だと言って

もし逃れる先に待つのがファシズムでも
自由がきゅうくつであつくるしくてとにかくいらなくて
なにもかも一方的に踏みつぶそうとする
敵にしか見えないときはあるから
やだったら逃げて、て

鶸の羽を休める電線がいつか揺れ出すまでの間

鳥の目に

地のない広がりが映りつつ
飛ぶ道の先しか見つめないまま
背中についてくる引き波を日に晒しおおせたあと

なにもだれも見分けのつかない
立ちくらむほどの明るみに
ひとときひとときを指差しつづけてとまどいながら

水際にすわり尽くして
たわむれるひかりの混濁に
影も風切羽も宙も距離もなくして目をつむれたら
この身のうちを
空になりかわる前の空白にゆだねて

こころはなんて呼んだらいいの

認められて必要とされて初めて欲しい自由があるように
折りたたんだ翼だからと腱を断たれてしまわないように
羽づくろいする嘴からもれる
地鳴きとさえずりで交わす言葉で
そう　呼んで
永遠、て

止り木のような睡りの傍らで

ここまで来られて
これでよかったんだろうか
、て

遡上してくる川波が
橋の袂で流れと波紋を交わしながら
たがいの編み目を重ねあって

どちらも途切れないとき

あれは潮のせいかもしれない
、てつい海の向こうを
ふり返ってしまいそうで

川面をはねるひかりが
発されきたところからつづく光跡の許には
ひとつの星明かりがあるふしぎ

あたらしい地では空が人のものでなく
息をつめた草草の伏した夜深に露が滴って
鳥を呼ぶ川になっていく

陸続きの町からもれる呟き声にふれると
山に境分けられながらつながる州は海に囲まれて
ここも島であることに変わりなく

息をのんで暮らさなくては
まわりと歩を合わせなければと
たちのわるい同調圧力は分断の亀裂にもなりやすくて

生きづらさに取り巻かれたこの国では
もうあまり人のすがたが目に入らないけれど
むりに負わされた荷が部屋のなかに持ち込まれてしまっただけで

こころが空を見上げたくなっては
ゆっくりとはばたいても飛べる白鷺に焦がれるのに

列をはなれた残り鴨の孤独をおそれて
荒げる声さえ矯められてしまえばだれしもが
ただいないよりもっと
いないことにされてしまうから

ひとりきりの足蹠が道になるいつのときも
選びとったひかりの残照なんだ、て憶い出して

囃子のように短い詞で
雨滴を落とすように伝えてきた歴史のあとに

いまも立っているんだ、てそう

二羽の鳶が番いかと思うと
もう一羽連れだって
山のほうへ飛びたわむれていくよ

ひとしきり理不尽さに堪えたあと
いのちさえ無事なら
、ていうひたむきな希いほど
行くあてで甘い火に入るのがこわいから
どんなに不安でも目を背けずに不安でいられたら

薄雲鼠の羽を折りたたんだ

鵯の愛する止り木のような睡りの傍らで
生まれくる小さなものの憤りに
声を重ねやまないで

ひかりの鳥

ベランダに
干された衣は日に晒されて
どれも太布の生成りへ
山をもらって染まり

明るむ布の
白めきはためく分け道を

ひかりが落ちていくところに
なぜ粒とも波ともかげろう前には

鳶が広げた羽の下にできる昏がりを見逃して

ある床は
影と遊んで日だまりを生みもたらせば
その上になくしたもののない
綿や麻やの服が揺れているから

どちらが正しかっただろう
上から落ちくるのと下から沸き立つのとは

靴紐を結ぶ時間だけあれば
声を忘れずに持っていく
青嵐を起こせる、て

窓にぶつかりそうになる燕の翻りに
泡立つように広がりたかみへ上向いていく雀の群れが
土手沿いをゆらめく鷗ののびやかな羽運びを

窓枠に切り取られてしか
わからないここから
渡りのときをはばたくと決めたら

鳥曇りの下で

後れを取り戻すようにあわただしく
翼を振りつづける一羽を
見送るあいだ

風向きに抗いながら急がない
海岸線沿いの
青鷺の身ぶりを
思い出してしまうことが

日の匂いをさせて
乾いた洗濯物を取り込む午後に
床へと落ちかけただれかの
輪郭を見過ごすことにならないように

浜に残る枝の数だけ
一冬を越せなかった雁が音に消えても
薪をくべるほど燃える火を包んで人の許へ届けた
守り神のやさしさは救いになりえるのか
咎める側の疵を底に踏みしめて

わからなさがはなたれるとき
はためく影は言葉になって
いつの日か読み取れるだろうか
声にして語れるだろうか

飛ぶためにあるひとつひとつの空を

自由だと説いて連れ去り
史実さえ覆おうとする
どんな翼でもない空ろな憎しみをバグに抱えた
舌の根ごと抜くために

ガジュマルの木の下風に
七色の旗をなびかせ
深く深く見上げるたび現われる
あれはどこから届く
ひかりの鳥だろう

てのひらに受けうる望み細さに

樹上にちらつく
何葉もの翅が
杉の葉を茂らせた枝々の叢を行き交って

これまで
蝶を見上げたことがどれくらいあっただろう

自分のちっぽけさと
向き合える機会はつどつど訪れて
恩寵と思えたとき降りくるよわさを
てのひらに記そう
、てふり返れば

数に恃み
自由を摘み取ろうとする手は
何を受けうるのだろう

愛を知りうる

人を支配したいと欲することと

芸術を作り出したいという願いが共存するように
いくらごまかしても否定しても
寂しい気持ちは寂しいままどうしようもなくて
だれかのこころを嫌がらせに塞いで
満たされるものは愛じゃないから
旭日旗をさもうつくしくはためかせる
翼賛の言葉を見上げるようには
蝶の翅に透けるひかりを
よく見とめずに過ぎ越してきた時間の
あとわずかさをどこへ放ろうか

走り梅雨の野を
泥濘んで佇む梢に目が届かないほど濃い繁りに
遡上して現われる
川沿いの山腹に白々と点る鷺の根城に

路傍にうずくまった金糸雀を
冷笑するふるまいが焚書してきた燃えさしに
葉とはばたきと灰が告げる
耳介のようなそのてのひらに受けうる望み細さに

芽吹いて
、てそう感じられるひとつびとつは
地の上でわかろうとする
遅さと手を取り合えたとき叶うから

ね、
恩寵の前に挫けなく跪けることが
愛だ、て知って

空に口ずさんで

心細いとき
、ていうのはなくて
心細さはずっと続いてて

なにかがあるかもしれないみたいに
待つことをしないで
そこにあるものを受けとっては

向こうからくる一日　一日を
過ぎ越すさなかに

いま　できること　いま　できることの
なにもふしぎない綱渡りを
枝先のひなが羽ばたきをくり返すつたなさで
飛びたい、て打ち明けるのは
またたれかじぶんが
窓のないどこか歩く手がかりになれるのか

小声でたずねて
読めない文字で走り書くほどの
文法からはみだしやすい言葉の身で

心細さをかくまう函になりたい日もある

虹の色数にさだまりのないよろこびと
重ねあわせるように
雨あがりの空に口ずさんで
ひとつ　ひとつ草の名前を覚えるあいだ
細まる心でしなやかにそよいでられたらいい

ほかにはなんの言葉も思いつけないで
ひらいたあかるみに佇みながら

七つの草を束ねて

ここはどこかへつづく道なの
、て

行きあたる地を
道のように踏みわけながら
どこをだれと歩いてきただろう
たどりつけば向こう

灯の明かりをにじませる夜さりの陰に
七つの草を束ねているの

ねぇ
眠りも目覚めもないまぜに
耳をすませる鍋のかたわらで
てのひらをとじた暗がりのあるだけ
小豆を握りしめ

たがいちがいに芽吹いては茂り
枯れては地に根を　種を残す
生えのびるものたちを摘む人よ

やさしさにも姿はあって
ふれるたび身のうちにしみるけれど
菜を口にしたときの
ゆきわたるような
たやすさと連れそういつくしみが
人からふれくることのあるかぎり

希うのは
ひとりとして手放さないで
実りをわかちあえることなのだから

ひと息の声さえ
もらすことをためらう末に

遠ざかった葉へ土へ呼びかけるすべを
指折り集め
思い出すように新しく知るの

一夜を水に寝かせておいた
野の気をいだく
どんな幸せをかみしめようか
行く道のりにたずねたずねて

草の息に耳を

いとゆうひかりを
まち針でなぞることは
逃げ水に身を寄せ
野に佇むことだとして

いつか依る辺を
行きしなのこころに湛えたなら
どんな影明かりを点すだろうか

見つめうると思いなすたび
うつろい迷いつづける途方で
まなざしの先にゆらめくすがたの
なにがひかりで
なにが気配であるだろう

顕われることばかりが
ほんとうでなく
草の息に耳をすますとき
吐かれたあとの静かさをこそ
呼んでいけないわけはない

あとがき

島を離れ、山陰に移り住んで間もないこの春から初夏にかけて、これまでしまい込んできた言葉を一息に放つように、連作詩を書きました。「ひかりのちいさな灯台」から「てのひらに受けうる望み細さに」までの八篇がそうです。「空に口ずさんで」からの三篇は数年前に沖縄で、詩がわからないさなかに訪ね歩くように書いた詩で旅のはじまりのようでもあり、今年生まれた連作詩をその旅の続きと気づけたとき、この詩集の姿となって現われてきました。

詩はかならずしも直截に思想を語るものとはかぎりませんが、そうだとしても、いまこのときに自分の思うところを詩の言葉にする意味はあるはずだと信じて。

詩集づくりの間並走してくださった担当編集の思潮社の藤井一乃さんと造本家の山元伸子さん、存在の息遣いがありありと感じられる装画を描いてくださった大平高之さんをはじめ、ご尽力いただいた皆様に心より感謝申し上げます。

二〇二一年　晩夏

白井明大

白井明大

二〇〇四年、第一詩集『心を縫う』（詩学社）。二〇一六年、『生きようと生きるほうへ』（思潮社）にて第二十五回丸山豊記念現代詩賞受賞。詩画集に『いまきみがきみであることを』（画・カシワイ、書肆侃侃房）がある。ほか『日本の七十二候を楽しむ―旧暦のある暮らし―』（絵・有賀一広、増補新装版、角川書店）、『島の風は、季節の名前。旧暦と暮らす沖縄』（写真・當麻妙、講談社）、『希望はいつも当たり前の言葉で語られる』（草思社）など著書多数。

着雪《ちゃくせつ》する小葉《こば》となって

著　者　白井明大《しらいあけひろ》
発行者　小田久郎
発行所　株式会社　思潮社
一六二―〇八四二　東京都新宿区市谷砂土原町三―十五
電話　〇三―五八〇五―七五〇一（営業）
〇三―三二六七―八一四一（編集）
印　刷　藤原印刷
製　本　ダンクセキ
発行日　二〇二一年十一月三日